不一样的眼睛

On a deux yeux pour voir

〔法〕巴蒂斯特·博利厄◎著　〔加〕冷　沁◎绘　张贞贞◎译

北京科学技术出版社
100 层 童 书 馆

有一天晚上，我床边的窗户没关。那是一个夏天，天气非常炎热。透过窗户，我可以看到满天的繁星和弯弯的月亮。

你知道吗？

夜，洒落在我的脸庞，北极星和月亮轻触我的眼睛，就像一只手贴在我发烧时滚烫的额上。

那晚之后，我的眼睛就变了。一只里落进了一弯月亮，另一只里落进了一颗星星。

我觉得自己这两只不一样的眼睛很漂亮。

我眼中的月亮，好似一个"微笑"；而星星，就像一只海胆。

3

我的父母很担心。

父母总是这样。有关孩子的一切，
他们希望都是"正常"的。

于是，他们带我去看医生。

"你怎么了？"邦代医生问我。我很喜欢他的名字。邦代，听起来像"绷带"。

一如既往，我的父母替我回答："她的两只眼睛不一样！"

"这绝对是正常的，所有孩子的两只眼睛都不一样！"

"什么都不用做吗？"

"不需要！她那只星星眼睛可以看到所有的悲伤、残酷，而那只月亮眼睛可以看到美好、快乐。慢慢地，她会忘记；随着时间的流逝，我们都会忘记……"

"忘记什么？"

"忘记我们有两只眼睛，忘记它们是不一样的。"说着，他将目光转向我父母的眼睛，"比如你们，你们是什么时候忘记的？"

6

回到家后，我的父母看起来松了一口气。我开始到处看，试图弄明白我的两只眼睛看到的东西有什么不同。我尝试一次只睁开一只眼睛。

一开始，我只睁开月亮眼睛。我看到了所有美好的事物。一切看起来都那么令人愉悦，我想开怀大笑或者浅浅微笑，但总感觉缺了点儿什么。

于是，我闭上月亮眼睛，睁开星星眼睛。尽管眼前只是房间的一角，但我看到了居住条件的简陋和生活的艰难。只用这一只眼睛看世界让我有些难受。

所以，我决定用两只眼睛看世界，尽管这有可能让我既哭又笑，但这样我看到的才是完整的世界。

一天傍晚，在回家的路上，我看到了一位露宿街头的先生。他坐在人行道上，穿着一身单薄的衣服，等待路人的施舍。

我用星星眼睛看到人们径直走过他，不理睬他，甚至连看都不看他一眼。换了月亮眼睛，我看到他将一只小猫抱在怀里抵御寒冷。这只小猫是他在一条小巷里发现的，当时它瑟瑟发抖，而他给了它温暖。现在，这只小猫呼噜呼噜地睡着，为他取暖。他们在一起，他们都很好，他们彼此陪伴。

那天，得益于两只奇妙的眼睛，我看到了孤独和它的对立面。我明白了，保护弱小，能够收获幸福。

几个星期后，我们去外婆家吃饭。她教我如何做柠檬蛋挞，厨房里飘满了香气。整个下午，大家都在一起玩游戏。外婆没有吃蛋挞，我的星星眼睛告诉我她生病了，她以后不再有力气在家里接待我们这一大家子了。

　　而我的月亮眼睛看到她跟我们在一起有多开心，她多么享受眼下的每一分每一秒。她有点儿累，但我能感觉到她并不害怕。她看着妈妈的肚子，妈妈看着她。突然，外婆和妈妈都流下了眼泪，又都笑了。眼泪和笑容好像融合在了一起。我觉得，人们应该创造一个新词，比如"笑泪"。

"外婆，你是怎么做到一点儿都不害怕的？"

"我只看生命的萌发，不去看生命的流逝。"

"以后，我会把你教我做柠檬蛋挞的方法教给我的弟弟或妹妹。"

"你看，我不会离开，你们会延续我的生命。"

生日那天，我收到一辆崭新的自行车。咿呀，咿呀，咿呀！刚骑上去，我就摔了下来。好疼，疼得我再也不想靠近这辆自行车了。

我的星星眼睛看到的是这辆自行车太高了，坡太陡了，这些都让我感到害怕！快，快点儿！我赶紧睁开我的月亮眼睛，它让我看到这条路上有那么多孩子在骑车，他们都好快乐。我相信，我也能做到。

我重新骑上自行车。虽然后来又摔了几次，但我最终学会了。

重要的是，永远拥有再次尝试的勇气！

一天早晨，我的狗狗梅利不跟我玩了。它不肯吃饭，浑身无力，只想趴着。兽医跟我们说它太老了，很快就会死去。"到了跟它说再见的时候了。"兽医说。

那一天，梅利没有跟我们回家，大家都没有说话。

我无法停止想它，我的星星眼睛到处看，但哪里都找不到它的身影。我的心狠狠地揪着。

于是，我睁开月亮眼睛，我又看到了我跟梅利一起度过的每一个美妙的瞬间。

我相信，梅利走得没有遗憾，它很幸运有我这个朋友。我也很幸运有它这个朋友。

虽然我很难过，但难过不是没有意义的。悲伤也是一种美好的情感，眼泪就像钻石一样珍贵，它们都是美好的过去存在过的痕迹。

17

有一天晚上，爸爸妈妈告诉我，我们很快就要搬家了。

我们在这栋房子里住了很多年。当初，是妈妈给墙壁刷的漆，是爸爸搬来的家具。在我房间的门上，有一条条代表我身高的横线，那是他们用铅笔画上去的，每年画一次。如果可以，他们甚至想把这扇门一起搬走！通过我的星星眼睛，我看到他们时不时流露出的伤感，他们觉得自己即将失去曾经珍爱的一切。

看到房间里堆满了纸箱，我问自己是什么让我们有家的感觉。睁开月亮眼睛，我明白了，重要的不是房子，而是房子里住的人。此心安处就是家。

我还看到一栋新房子在等着我们。房子里即将盛满欢声笑语，挤满朋友。对过去的思念和对未来的憧憬就像一对双胞胎姐妹，她们住在同一个地方，头顶同一片屋檐，那个地方就是我们的心脏。

我来到一所新学校。我不知道怎样交到新朋友。我需要靠改变自己、取悦别人来达到目的吗？没有人愿意跟我一起踢球，因为他们彼此认识。我的星星眼睛看到他们之间已经没有我的位置了。

通过月亮眼睛，我注意到墙边坐着一个跟我同龄的男孩，他正在翻看一本画着魔法师和恐龙的画册。我也很喜欢看书。我坐到墙边，翻开自己的书，这本书讲的是一只刚刚开始学习飞翔的小海鸥的故事。我们坐着，一句话也没说，各自看着自己手里的书。但是，不知道为什么，合上书的时候，我们互相看了一眼，就知道我们会是一辈子的朋友。

书，真的很神奇，它可以让从来没有见过面的人成为朋友！

我喜欢爸爸来接我放学。有一天，通过星星眼睛，我注意到爸爸的状态不太好。他好像有点儿恼怒，又有点儿心烦意乱，而且沉默不语，就好像心口压了一块巨大的石头。

通过月亮眼睛，我注意到，当我爬上滑梯时他会温柔地注视我。我觉得一切很快就会好起来，也许我永远都不会知道是什么事情让他这么难受，但是不要紧。有些时候，甚至连我自己都不知道自己为什么伤心。大人也一样，他们也有这种时候。

每个人的心里都有一座只属于自己的秘密花园，花园里有一位园丁轮流培育着悲伤和快乐。

23

我长大了。我知道，总有一天，月亮和星星会离开我的眼睛，重新回到天上。

我明白了，这个世界不是纯黑或者纯白的。有的时候，糟糕和美好同时存在。就像接受幸福一样，我们也要接受不幸，也就是跟世界和解。

我喜欢把妹妹抱坐在膝头，跟她讲话，即使她不能完全听懂。

我有时候会凑到她耳边，轻声说："嘿！能不能告诉我，今天有什么事情让你开心，又有什么事情让你难过？是什么让你哭，又是什么让你笑？

"别忘了你有两只眼睛，两只不一样的眼睛，它们可以让你看到世间的所有。"

不一样的眼睛

在我成为作家之后，我曾多次讲述我在一家医院实习期间遇到的一件事。

接近凌晨3点，两支急救队同时出动。第一队前往一起难产事故的现场，产妇和胎儿都面临极大的风险；第二队，也就是我所在的队，被派去一所寄宿学校，一名17岁的少女在失恋后服毒自杀。

我们到达现场时，那个有着一头黑色长发的美丽姑娘已经昏迷，消防队的一名急救人员正在对她施行心肺复苏术，已经筋疲力尽。我接替了他，不停地按压。我这辈子从未那样努力，只恨自己不能在掌根施加魔法。队长为她插管，我一边不停地按压，一边祈祷，希望自己能够唤醒这个做了傻事的姑娘。她才17岁啊！前面还有大好的人生在等着她！

但是，我们没能救回她，她的生命停止在了那一夜。

她的书桌上，躺着一封她写给弟弟的信。我们将她抬到床上，她的脚碰到墙壁，一张照片掉了下来——那是一个夏天，一位同样拥有一头黑色长发的女士正在给她编辫子。她的父母，在城市的另一端沉睡，尚不知有这样一张照片在凌晨3点从墙上掉落……

我们回到车上，没有人说话。

突然，车上的无线电通信设备里传来婴儿尖锐的哭声和另一队同事的声音。"3200克，男，阿氏评分10。"母子平安。

　　我们面面相觑，新生和死亡的剧烈碰撞使我们僵在当场，我们的指尖仿佛触碰到了某种神秘的力量，某种只有在这寂静的凌晨和这戏剧性的场景中才能感受到的力量。

　　一个孩子死去了，另一个孩子诞生了。

　　我讲这个故事，不是想告诉你永远要看到生命中积极的一面。不是的，至少不完全是。生命中总有一些可能永远无法治愈的伤痛。而这，正是我写这本书的原因。我想提醒人们，这个世界给了我们很多、很多、很多东西。

　　如果灾难到来得没那么猛烈，那么人类的生活就缺少了某种残酷的真实。

　　世界就不是今天的样子。

　　它会完全不同，变成另外一种样子。

　　我想，世间发生的所有事情并非都有好的结果，是因为世界没有把我们当孩子看待，它对我们没有任何隐瞒。世间充满幸与不幸。希望世界变成另外一种样子，绝不该是我们的抱负。

　　我理解的人道主义精神是，挽起袖子，积极行动，修复我们受到的伤害。

　　我们不需要为所有的不幸负责，但我们有责任陪伴那些被不幸敲门的人。

巴蒂斯特·博利厄

作者简介

巴蒂斯特·博利厄，全科医生，在图卢兹有一家诊所。2015年他出版了自己的第一本书《就这样：1001次急救》并获得巨大成功：该书被翻译成14种语言，并获得"法国文化有声读物奖·在黑暗中阅读奖"。他的获奖作品还有小说《于是，你不再悲伤》（中学生地中海大奖，2016年）、小说《灰发孩子的诗》（法国国家药学科学院文学大奖，2017年）等。从2018年开始，他在法国国家广播公司旗下的国内综合台担任《为你好》节目的专栏编辑。他还出版了两部诗集：《快乐之余》和《永远别怕》。2022年，他创作的第一本儿童图画书《每个人都很美》一上市便名列法国亚马逊童书榜榜首。

绘者简介

冷沁（曾用译名：秦冷），华裔女作家，"加拿大总督文学奖"获奖者，毕业于蒙特利尔梅尔·霍普海姆电影学院，定居多伦多。她的插画和短片作品多次获奖。

On a deux yeux pour voir, written by Baptiste Beaulieu and illustrated by Qin Leng

© Les Arènes, Paris, 2023

Simplified Chinese edition arranged through Dakai - L'agence

Simplified Chinese Translation Copyright © 2024 by Beijing Science and Technology Publishing Co., Ltd.

著作权合同登记号　图字：01-2024-0690

图书在版编目（CIP）数据

不一样的眼睛 /（法）巴蒂斯特·博利厄著 ;（加）冷沁绘；张贞贞译. —北京：北京科学技术出版社，
2024.7（2025.7重印）

ISBN 978-7-5714-3928-6

Ⅰ.①不⋯　Ⅱ.①巴⋯　②冷⋯　③张⋯　Ⅲ.①儿童故事—图画故事—法国—现代　Ⅳ.① I565.85

中国国家版本馆 CIP 数据核字（2024）第 098340 号

策划编辑：张贞贞	电　话：0086-10-66135495（总编室）
责任编辑：吴佳慧	0086-10-66113227（发行部）
封面设计：沈学成	网　址：www.bkydw.cn
图文制作：天露霖文化	印　刷：北京顶佳世纪印刷有限公司
责任印制：李　茗	开　本：889 mm × 1194 mm　1/12
出 版 人：曾庆宇	字　数：42 千字
出版发行：北京科学技术出版社	印　张：3.333
社　　址：北京西直门南大街16号	版　次：2024年 7 月第1版
邮政编码：100035	印　次：2025年 7 月第3次印刷
ISBN 978-7-5714-3928-6	

定　　价：69.00元